COLLECTION DE FEU M. A. BLINAC

*Vente des Jeudi 25 et Vendredi 26 Mars 1909*

HOTEL DROUOT — SALLE Nº 11

# ESTAMPES

# MODERNES

## ŒUVRES

DE

# Félix BUHOT & Auguste LEPÈRE

Mᵉ ANDRÉ DESVOUGES        M. LOYS DELTEIL

IMPRIMERIE FRAZIER-SOYE
153-157, RUE MONTMARTRE
PARIS

# CATALOGUE

DES

# ESTAMPES MODERNES

DE LA

Collection de feu M. Alb. BÉLINAC

DE

SAINT-ÉTIENNE

RENFERMANT

*un important œuvre de*

FÉLIX BUHOT & D'AUGUSTE LEPÈRE

---

*Dont la vente aura lieu*

à Paris, HOTEL DROUOT, Salle N° 11

Les Jeudi 25 et Vendredi 26 Mars 1909

*à 2 heures précises*

---

Par le Ministère de M⁰ ANDRÉ DESVOUGES,

COMMISSAIRE-PRISEUR

*26, Rue de la Grange-Batelière*

Assisté de M. LOYS DELTEIL, Artiste-Graveur, Expert
*2. Rue des Beaux-Arts*

# CONDITIONS DE LA VENTE

Elle sera faite au comptant.

Les adjudicataires paieront *dix pour cent* en sus des enchères.

M. Loys Delteil remplira les commissions que voudront bien lui confier les amateurs ne pouvant y assister.

MM. les amateurs pourront visiter la collection, 2, *rue des Beaux-Arts*, les Lundi 22, Mardi 23 et Mercredi 24 Mars, de 2 heures à 5 heures.

## ORDRE DES VACATIONS

*Jeudi 25 Mars* . . . . . . . . . . . . . . Nᵒˢ 1 à 190
*Vendredi 26 Mars* . . . . . . . . . . . Nᵒ 191 à la fin

# Le Peintre-Graveur Illustré

(XIXᵉ & XXᵉ SIÈCLES)

## par LOYS DELTEIL

OUVRAGE HONORÉ D'UNE SOUSCRIPTION DU MINISTÈRE DE L'INSTRUCTION PUBLIQUE

ET DES BEAUX-ARTS

---

TOME Iᵉʳ. — MILLET, ROUSSEAU, DUPRÉ, JONGKIND.
Épuisé.

---

TOME II — CH. MERYON. . . . . . **25** fr. et **20** fr.

---

TOME III — INGRES — EUG. DELACROIX

45 Exemplaires de luxe (*presque épuisés*). . . . . . . . . . **50** francs

300    —    . . . . . . . . . . . . . . . . . . . . **25** —

100    —    (sans l'eau-forte de Delacroix). . . . . . **20** —

---

## VIENT DE PARAITRE :

### TOME IV consacré à ANDERS ZORN

et contenant la biographie du Maître,
le Catalogue raisonné de son œuvre gravé, et le fac-similé
de TOUTES les pièces décrites.

1 volume in-4°, d'environ 260 pages, contenant environ 230 fac-similé et
une eau-forte originale d'ANDERS ZORN, le PORTRAIT DU SÉNATEUR
AMÉRICAIN MASON, l'un des chefs-d'œuvre du Maître.

50 Exemplaires de luxe, avec l'eau-forte originale, *avant la
lettre*, sur japon. . . . . . . . . . . . . . . . . . . . **souscrits**

350 Exemplaires avec l'eau-forte originale, sur papier vergé,
avec la lettre. . . . . . . . . . . . . . . . . . . . **40** francs

150 Exemplaires sans l'eau-forte . . . . . . . . . . . . **30** —

---

## EN PRÉPARATION :

### TOME V consacré à COROT
### TOME VI consacré à BARYE, CARPEAUX et RODIN

# DÉSIGNATION

### AVRIL (Paul)

1. Suite de dix dessins originaux, pour une illustra-
tion projetée de *Trilby* et la *Fée aux Miettes*, de
C. Nodier.
On y a joint 12 épreuves des planches.

### BESNARD (P. A.)

2. Intérieur d'Eglise. Deux très belles épreuves, une
du 1<sup>er</sup> état. la planche plus grande.

### BEURDELEY (Jacques)

4. Grand Lavoir à Provins. Très belle épreuve,
*signée* (n° 33).

4. Venise : Casa di Canella — Petit Canal. Deux
pièces. Très belles épreuves, *signées*.

### BIDA (Alex.)

5. L'Histoire de Tobie — Paris, Hachette, 1880,
exempl. sur chine (de Bida), avec 14 pl. par
Le Rat, Boilvin, Lefort, etc.

### BOILVIN (Emile)

6. Le Bain. Très belle épreuve, sur japon.

### BOISSIEU (J. J. de)

7. Sujets de genre, Têtes de fantaisie, Vues et
Paysages. Soixante-deux pièces (plusieurs tirées
sur la même feuille). Tirage moderne.

## BOISSON (L.) — COURTRY (Ch.)

8. La Laitière Hollandaise, d'après C. Delort — Le Berger, d'après Julien Dupré. Deux pièces. Très belles épreuves, *avant la lettre*, sur parchemin, *signées*.

## BONNAT (Léon)

9. Bonnat (L.), par lui-même. Très belle épreuve sur japon, *signée*.

## BORREL (Marius)

10. La Bénédiction. Très belle épreuve, *signée*.

## BOULARD (Auguste)

11. Mon ancien Régiment, d'après Ed. Detaille. Belle épreuve, *avant la lettre*, sur japon, *signée*.

## BRACQUEMOND (Félix)

12. Faisans, 1899. Deux très belles épreuves, une du 1ᵉʳ état, la seconde *avec remarque*, sur parchemin. Signées.

13. Gypaète, 1904. Deux très belles épreuves, une du 1ᵉʳ état.

## BRISSAUD (Pierre)

14. La Loge. Très belle épreuve, *imp. en couleurs*, *signée* (nᵒ 8).

## BUHOT (Félix)

15. Au Fil de l'eau (G. Bourcard 5), 3ᵉ état — Le Soir, d'apr. Corot (9) — Email de Jean Pénicaud II (25), 1ᵉʳ et 3ᵉ états. Quatre pièces. Belles épreuves.

16. Japonisme (11-20), pl. 2, 4, 5, 7 et ex-libris. Papillon et Libellule, soit cinq planches. Belles épreuves.

N° 10 du Catalogue

17. Coupe en girasole (**22**) — Vase en bronze (**23**).
Deux pièces. Très belles épreuves *d'état, timbrées*.

18. Ma Petite ville (27), 1ᵉʳ pl. Superbe épreuve du
2ᵉ état, *timbrée*.

19. Cheval et mule à la mer (37) — Les petits Anes
de Luchon (40 *bis*) — Le Puits de la Butte-aux-
Cailles (41) — L'Etang de la Bièvre (43), épr.
biffée — Pierrot pendu (49) — Le Diable Impri-
meur (50), épr. biffée. Six pièces.

20. Quatre Anons dans un pré, 1ᵉʳ et 2ᵉ états (54) —
Croquis d'Anes (55) — L'Anesse Marie-Jeanne
(56). Quatre pièces. Belles épreuves.

21. L'Entrée de Landemer (56) — Cacoletière assise
(58), épr. biffée — L'Ane et la vieille (59), épr.
*biffée* — Un jeune Voyou (60) — Cacoletière au
nuage blanc (61), **2** états — Cacoletière à la tour
(62), **2** états — Croquis d'Enfants (63) — Cochons
au soleil (64), épr. biffée. Dix pièces. Belles
épreuves.

22. La Maison d'Orléans (65) — Le Couvre-feu (66) —
Le Réveillon (67), **2** épr. — Pluie et parapluie
(68) — Les Noctambules (69). Six pièces. Belles
épreuves.

23. La Ronde de nuit (70). Très belle épreuve,
*timbrée*.

24. Une Matinee d'Automne (71). Très belle épreuve,
*timbrée*. On y a joint une épreuve de la planche
biffée.

25. L'Angélus (72) — Spleen et Idéal (73), épr. biffée
— Les Anes de la Butte-aux-Cailles (74). Trois
pièces.

26. Les Gardiens du Logis (76). Deux très belles
épreuves.

27. La Malgaigne (79), 1ᵉʳ état — Têtes de Bretons (80).
Deux pièces. Belles épreuves.

28. Vignettes pour l'*Ensorcelée*, de Barbey d'Aurévilly (85-90). Suite complète de 6 pl. Très belles
   épreuves, *timbrées*.

29. Vignettes pour le *Chevalier Destouches*, de Barbey d'Aurévilly (91-95). Suite complète de 5 pl.
   Très belles épreuves, *avec* les marges sympho-
   nique, *timbrées*.

30. Vignettes pour *Une vieille Maîtresse*, de Barbey
   d'Aurevilly (99-108). Suite complète de 10 pl.
   Très belles épreuves, *avec* les marges sympho-
   niques, *timbrées*. On y a joint une épr. d'essai de
   la 10ᵉ pl.

31. Vignettes pour Les *Lettres de mon Moulin*,
   d'Alph. Daudet (109-113). Suite complète de 5 pl.,
   en 1ᵉʳ et 3ᵉ états, soit dix pièces. Très belles
   épreuves.

32. Ex-libris pour l'Ensorcelée (116). Deux très belles
   épreuves, des 1ᵉʳ et 2ᵉ états, une *signée*.

33. Un Grain à Trouville (122). Deux très belles
   épreuves, l'une du 3ᵉ état, la seconde d'un état
   intermédiaire.

34. Une Matinée d'Hiver au Quai de l'Hôtel-Dieu
   (123). Epreuve du 1ᵉʳ état, *imp. à l'essence, signée*.

35. La même estampe. Belle épreuve du 3ᵉ état.

36. La même estampe. Très belle épreuve du 4ᵉ état.

37. Frontispice pour l'Illustration Nouvelle (124).
   Très belle épreuve.

38. La Fête Nationale, au Bᵈ Clichy (127). Deux belles
   épreuves, tirées en 2 tons, la seconde *imp. à
   l'essence: timbrées*.

39. L'Hiver à Paris (128). Très belle épreuve du 3ᵉ état,
   *timbrée*.

40. La même estampe. Très belle épreuve du 4ᵉ état,
   *timbrée*.

41. La même estampe. Belle épreuve. On y a joint
Le 20 Mars au Palais des Champs-Elysées, état
(épr. incomplète) et épr. avec la lettre, soit trois
pièces.

42. La Place Pigalle en 1878 (129). Belle épreuve du
2ᵉ état, *signée*.

43. La même estampe. Très belle épreuve du 5ᵉ état,
tirée en ton bistré.

44. La même estampe. Très belle épreuve du même
état.

45. Un débarquement en Angleterre (130). Très belle
épreuve, *timbrée*.

46. Une Jetée en Angleterre (132). Très belle épreuve
du 1ᵉʳ état, *timbrée*.

47. La même estampe. Superbe épreuve du 2ᵉ état,
*timbrée*.

48. La même estampe. Très belle épreuve du 3ᵉ état.

49. Liseuse à la lampe (137). Très belle épreuve.

50. La Traversée (143). Belle épreuve sur papier essencé. On y a joint une épreuve du 1ᵉʳ état, tirée
à l'essence. Deux pièces.

51. La Dame aux Cygnes (144). Très belle épreuve
sur japon, *timbrée*, et contre-épreuve. Deux
pièces.

52. L'Orage (145), 2ᵉ et 3ᵉ états. Deux pièces. Très
belles épreuves, une *timbrée*.

53. Le Peintre de Marine (146). Très belle et très rare
épreuve du 1ᵉʳ état, *timbrée*.

54. La même estampe. Superbe épreuve du 2ᵉ état,
*timbrée*.

55. Les Voisins de Campagne (148). Très belle épreuve,
*timbrée* et contre-épreuve. Deux pièces.

56. Les petites Chaumières (149). Deux très belles
épreuves, une *imp. à l'essence*.

N° 65 du Catalogue.

57. Les grandes Chaumières (150). Epreuve du 2° état (frottée et piquée).

58. La même estampe. Très belle épreuve, *timbrée*.

59. Les Bergeries (151). Très belle épreuve, *timbrée*. On y a joint une autre épreuve et une contre-épreuve tirées à l'essence. Trois pièces.

60. La Chapelle St-Michel, à l'Estre (152). Très belle épreuve, *timbrée*.

61. Souvenir de Medway (153). Très belle épreuve, *timbrée*. On y a joint une contre-épreuve. Deux pièces

62. La même estampe. Epreuve *imp. à l'essence*.

63. Le petit Enterrement (154). Deux très belles épreuves tirées en bistre et en bleu, *timbrées*. On y a joint une contre-épreuve, soit trois pièces.

64. Westminster Palace (155). Superbe épreuve, *timbrée*.

65. Westminster Bridge (156). Superbe épreuve tirée en 2 tons, *timbrée*.

66. Environs de Gravesend (157). Superbe épreuve du 2° état.

67. La même estampe. Très belle épreuve du 5° état.

68. Matinée d'Hiver sur les Quais (158). Epreuve *imp. à l'essence, signée*.

69. Les Esprits des Villes mortes (160). Très belle épreuve, sur papier essencé.

70. La même estampe. Contre-épreuve d'état.

71. Le Hibou ou Pauca Paucis (161). Belle épreuve.

72. La Place des Martyrs et la Taverne du Bagne (163). Très belle épreuve, tirée en bistre, *timbrée*.

73. La même estampe. Epreuve *imp. à l'essence*.

74. Frontispice pour les *Graveurs du XIX° siècle* (164).
Très belle épreuve, *avec* les croquis.

75. La Falaise — Baie de S¹-Malo (165). Superbe
épreuve tirée en 2 tons, *timbrée*.

76. La même estampe. Epreuve *imp. à l'essence*, contre
épreuve et fausse-marge, soit trois pièces.

77. Les Oies (166). Très belle épreuve.]

78. La même estampe. Belle épreuve du 1ᵉʳ état, *tirée
à l'essence*.

79. Baptême japonais (167). Deux très belles épreuves
du 2ᵉ état, d'impression différente.

80. Le Château des Hiboux (168) — Les Corbeaux,
1ᵉʳ état (175) — Chaumière anglaise (133), épr.
biffée — Un vieux chantier à Rochester (147),
épr. biffée. Quatre pièces. Belles épreuves.

81. La Messe de Minuit (169). Superbe épreuve.

82. L'Eglise de Jobourg (170). Belle épreuve du 1ᵉʳ
état, *tirée à l'essence*.

83. La même estampe. Très belle épreuve du même
état, sur papier verdâtre, *signée*.

84. Frontispices : Les Salles d'Estampes (171) — Les
Zigs-zags d'un Curieux (172 — 1ᵉʳ état). Deux
pièces. Belles épreuves.

85. La Tiare offerte au Pape Léon XIII (173). Belle
épreuve d'essai, *signée*.

86. Le petit Chasseur (181). Très belle épreuve du
1ᵉʳ état, sur chine.

87. Enfant dessinant (182). Très belle épreuve.

## CHAHINE (Edgar)

88. L'Abside de Notre-Dame de Paris. Très belle
épreuve, tirée en bistre, *avec remarque, signée*.

89. Elvira. Très belle épreuve sur japon, *signée* (n° 9).

90. Quai des Célestins. Très belle épreuve sur japon, *signée* (n° 18).

91. Le Tombereau. Très belle épreuve sur japon, *signée* (n° 24).

### CHERET (Jules)

92. Librairie Ed. Sagot (affiche en 2 feuilles) — Œuvres de Rabelais. 2 affiches.

### COPPIER — DECISY — RODRIGUEZ — RUET

93. Le Petit déjeuner, d'apr. E. Meissonier — La Ronde de nuit, d'apr. Rembrandt — Floréal, d'apr. R. Collin — La Bohémienne, d'apr. Hals — Portrait de jeune Fille, d'apr. Ricard — Le Troubadour, d'apr. Leloir — Vaches à l'abreuvoir; le Matin, d'apr. Troyon. Huit pièces. Très belles épreuves, *avec remarques*, sur parchemin, *signées*.

### CORABEUF (Jean)

94. Portrait de M^me P. G. 1905. Très belle épreuve sur japon, *signée*.

### DEBLOIS (Charles)

95. Le Trésor d'une Mère, d'apr. Chaplin. Très belle épreuve, *avant toute lettre, signée*.

### DIVERS

96. Naissance de Vénus, d'apr. Botticelli — Musique sacrée, Musique profane, d'apr. Dubuffe — La Cruche cassée, d'apr. Greuze — Pastorales, d'apr. Boucher — M^me Récamier, d'apr. Gérard — Liseuse, d'apr. Henner — Chanson champêtre, d'apr. C. Detti — Les Illusions perdues, d'apr. Gleyre — Le Sacre de Napoléon, d'apr. David — La Bergère, d'apr. Millet — Bédouins

arabes, d'apr. Schreyer. Treize pièces par Jasinski, Courtry, Lefort, Buland, etc., sur parchemin, *signées*.

97. Baigneuse, d'apr. J. Ballavoine — Vieux Mariés, fac-simile d'apr. J. F. Rafaelli — La Librairie Ch. Bosse, composition de A. Robaudi — Propos galants, d'apr. Roybet — Etang de la Canau, par L. Drouyn — Couronnement de la Vierge, par A. François, d'apr. Fra Angelico — L'Intransigeant, Le Figaro, par A. Weber — Les Moutons de Claudine, par Héreau — Recueillement, fac-simile d'apr. Masena — Photographie, d'apr. Greuze — Rabbins commentant la Bible, par Rapine — La Becquée (d'apr. Greuze ?). Ensemble treize pièces.

On y a joint *spécimens* de livres illustrés.

### ELIOT (Maurice)

98. La Brouille. Très belle épreuve sur japon, *signée* (n° 33).

### FLAMENG (Léopold)

99. Un Baptême en Alsace, d'après F. Flameng. Très belle épreuve, *avant la lettre, avec remarque*, sur parchemin, *signée*.

### FLAMENG (François)

100. La Fillette au chien. Deux très belles épreuves, une du 1ᵉʳ état, la seconde avec remarque, sur parchemin, *signée*.

### FOCILLON (H.)

101. A Capri, d'après J. Benner. Très belle épreuve, *avec remarque*, sur parchemin, *signée* et *timbrée*.

102. Les Communiantes, d'après Jules Breton. Très belle épreuve, *avant la lettre*, sur parchemin, *signée*.

103. Fin d'Eté, d'après R. Collin — Dans la Campagne,
d'apr. H. Lerolle — L'Arc-en-ciel, d'apr. Constable,
— Printania — Alley Farm — Les Meules, d'apr.
J. F. Millet. Six pièces. Très belles épreuves, *avec
remarque*, sur parchemin, *signées*.

### GAILLARD (C. F.)

104. S' George, d'après Raphaël (H. B. 45). Très belle
épreuve, *avant toute lettre*, sur japon.

### GAUJEAN (Eugène)

105. La Vierge entre S' Georges et S' Donatien, d'apr.
Van Eyck. Très belle épreuve sur japon, *signée*
et *timbrée*.

106. La Chanson du Printemps, d'apr. W. Bouguereau,
Très belle épreuve, *avant la lettre*, *avec remarque*, sur parchemin, *signée* du peintre et du
graveur.

### GAUTIER (Lucien)

107. Clair de lune. Très belle épreuve, *avec remarque*,
sur japon, *signée*.

### HELLEU (Paul)

108. Dolley (Madeleine). Très belle épreuve, *imp. en
couleurs*, *signée*.

109. Liane de Pougy. Très belle épreuve, *imp. en couleurs*, *signée*.

### JACQUET (Jules)

110. L'Aurore, d'après Jules Lefebvre. Très belle
épreuve, *avant la lettre*, sur japon, *signée*.

### JEANNIOT (Georges)

111. Le Jeu de Polo, 3 états différents. Très belles
épreuves, accompagnées de trois études au crayon
noir, *signées*, pour cette estampe.

### KRATKÉ (C. L.)

112. Les Glaneuses, d'après Jules Breton. Très belle
épreuve, *avant la lettre*, sur parchemin, *signée*.

### LAFITTE (A.)

113. Le Matin : lever de soleil en mer. Très belle
épreuve, *imp. en couleurs, signée* (n° 60).

114. Retour de pêche. Très belle épreuve, *imp. en couleurs, signée* (n° 15).

### LALAUZE (A.) — MIGNON (A.) — MORSE (D.)

115. Les Joueurs de cartes, d'apr. E. Meissonier — La
Vierge, d'apr. Dagnan-Bouveret — Le Rêve.
Trois pièces. Belles épreuves.

### LAMOTTE (Alphonse)

116. Jeanne d'Arc, d'apr. Jules Lefebvre. Très belle
épreuve, *avant la lettre*. sur japon, *signée*.

117. Souvenirs, d'après Chaplin. Très belle épreuve,
*avant la lettre. signée*.

### LAURENS (Paul-Albert)

118. Vingt-deux croquis originaux, pour *Thaïs* (Edi-
tion des Dix).

### LEGRAND (Louis)

119. *Les petites du Ballet, par Louis Legrand, 14 eaux-
fortes*. Très belles épreuves sur japon, *timbrées*
(exempl. n° 6).

120. La Vieille servante. Très belle épreuve sur japon,
*signée*.

# ŒUVRE

DE

## Auguste LEPÈRE

### EAUX-FORTES

N° 175 du Catalogue.

121. Le Rémouleur (A. Lotz-Brissonneau, 5). Très belle épreuve du 1ᵉʳ état (tiré à 2 ou 3 épr.), *signée* et *timbrée*.

122. La même estampe. Très belle épreuve, *signée* (nᵒ 19) et *timbrée*.

123. Sur la Seine, la nuit (6). Très belle épreuve sur japon, *signée* (nᵒ 8).

124. Les Images (7). Deux très belles épreuves des 1ᵉʳ et 3ᵉ états, *signés*. (Le 1ᵉʳ état n'a été tiré qu'à 2 épr.).

125. Les Toits de Saint-Séverin (9). Très belle épreuve, *signée* (nᵒ 28); sur japon.

126. Dans le Ruisseau, à Montmartre (10). Très belle épreuve, *signée* (nᵒ 29).

127. Giboulées (11). Très belle épreuve, *signée* (nᵒ 26).

128. Marchandes de poissons, rue Pirouette (12). Très belle épreuve, *signée* (n" 18).

129. La Lecture (13). Superbe épreuve d'un 1" état, *non décrit, avant la signature* (état tiré à 3 épr.); *signée*.

130. En Bateau-Mouche (15). Très belle épreuve, *signée* (n° 14).

N° 256 du Catalogue.

131. L'Appel des Balayeurs, la nuit (16). Très belle épreuve du 1" état (tiré à 3 épr.), *signée* (n" 2): sur japon.

132. La même estampe. Très belle épreuve *d'état, signée* (petite éperdimure).

133. Combat contre la Neige, quai aux Fleurs (17). Très belle épreuve, *signée* (n" 18).

134. Coucher de Soleil au Pont-Marie (18). Très belle épreuve, *signée* (n" 13).

135. Cardeuses de Matelas au Pont-Marie (20). Très belle épreuve du 1" état (la pl. plus grande). sur japon, *signée* et *timbrée* (marge de droite frottée).

136. La même estampe. Très belle épreuve. *signée* (n" 14).

137. Couverture pour la *Petite Série d'Eaux-Fortes, Coins de Paris* (21). Très belle épreuve, d'un 4° état, *non décrit*, le nom de l'artiste *effacé*. Tiré à 2 épr. (n° 1): *signée*.

138. Un 14 Juillet, rue Galande, le Mat de Cocagne (22). Très belle épreuve, *signée* (n° 11).

139. Le Lavoir (23). Superbe épreuve du 1ᵉʳ état (tiré à 6 épr.), *signée* (n° 4).

140. Au Luxembourg (24). Très belle épreuve, *signée* (n° 18).

141. Embarcadère, quai de Bercy (26). Superbe épreuve du 1ᵉʳ état, *signée* (n° 5) (tiré à 6 épr.).

142. Flâneurs sur un banc (27). Très belle épreuve, *signée* (n° 9).

143. Départ pour Greenwich (30). Très belle épreuve du 2ᵉ état (tiré à 5 épr.), *signée*.

144. La même estampe. Très belle épreuve, *signée* (n° 11).

145. Retour de Greenwich, la nuit (32), petite planche. Superbe épreuve d'état, *signée* (n° 1); sur japon.

146. Embarcadère sur la Tamise (34). Très belle épreuve du 1ᵉʳ état (tiré à 3 épr.), *signée* (n° 2).

147. Le Grand Marché aux pommes (35). Très belle épreuve du 1ᵉʳ état (tiré à 5 épr.), *signée* (n° 4).

148. La même estampe, en même état.

149. L'Hiver (38). Très belle épreuve, *signée* (n° 13).

150. Chemin dans le Marais, Vendée (36). Très belle épreuve. *signée* (n° 6).

151. Maison de Pêcheurs, St-Jean-de-Mont (40). Très belle épreuve, *signée* (n° 4).

152. Ramasseuses de Pignons (41). Très belle épreuve sur japon, *signée* (n° 8).

153. Joueurs d'Aluette, Vendée (42). Très belle épreuve, *signée* (n° 4).

154. Sortie de l'Ecole. Marais Vendéen (43). Très belle épreuve. *signée* (n° 6).

155. Rochers de Sion. Vendée (44). Très belle épreuve, *signée* (n° 5).

156. Chardons sur la Dune, Vendée (45). Très belle épreuve, *signée* (n° 4).

157. Vieille bourrine, maison du Marais (Vendée) (46). Superbe épreuve sur japon, *signée* (n° 9).

158. Vue de St-Jean-de-Mont, Vendée (48). Superbe épreuve, *signée* (n° 12).

159. Pêcheurs fuyant devant l'orage (49). Très belle épreuve, sur japon, *signée* (n° 6).

160. La Pointe de l'Ile St-Louis et le Quai de l'Hôtel-de-Ville (52). Très belle épreuve du 2ᵉ état (tiré à 5 épr.), *signée* (n° 3).

161. Tombereau de boueux, quai de la Gare (53). Très belle épreuve, *signée* (tiré à 10 épr.).

162. On déchiffre (54). Très belle épreuve, *tirée en sanguine, signée* (n° 8).

163. Programme pour une Matinée d'Enfants (55). Très belle épreuve du 1ᵉʳ état, tirée en sanguine; *signée*.

164. Coupeurs de bouts de Cigares (56). Très belle épreuve sur japon, *signée*.

165. Au Pont Sully (57). Très belle épreuve du 2ᵉ état (tiré à 5 épr.), *signée;* sur japon.

166. L'Abreuvoir au Pont Sully (58). Très belle épreuve, *signée* (n° 18).

167. La Leçon de Solfège (60). Très belle épreuve du 1ᵉʳ état (tiré à 5 épr.), *signée* (n° 5).

168. Devant l'Atre (62). Très belle épreuve, *signée* (n° 3).

169. Le Verger ou Vieille bourine (63). Très belle épreuve, *signée* (n° 19).

170. La Leçon de crochet (64). Très belle épreuve, *tirée en sanguine*, timbrée (n° 3): sur japon.

171. Intérieur d'Omnibus (65). Très belle épreuve sur japon, *signée* (n° 2).

172. Bourgeoises à la campagne, à Vauréal (66). Très belle épreuve, *signée* (n° 4).

173. Chemin creux à Vauréal (67). Très belle épreuve sur japon, *signée* (n° 7).

174. Moulin à Vaugirard (69). Belle épreuve, *signée* (n° 8).

175. Vallée de l'Oise, près Pontoise (70). Très belle épreuve, *signée* (n° 9).

176. Au Coin du Pont-aux-Doubles (71), pl. gravée en présence de Bracquemond. Superbe épreuve du 2° état (tiré à 3 épr.), *signée* et légendée : *Ivrognerie.*

177. Coucher de Soleil orageux, à Jouy-le-Moutier (71 *bis*). Très belle épreuve, *signée* (n° 1).

178. Vendémiaire (72). Très belle épreuve sur japon, *signée* (n° 15).

179. Mon Atelier, à Jouy-le-Moutier (73). Superbe épreuve sur *papier verdâtre, signée.*

180. Au Chat-Noir (74). Très belle épreuve d'état, *signée.*

181. Sur les Toits, près Notre-Dame (75). Superbe épreuve du 1er état (tiré à 3 épr.).

182. La même estampe. Superbe épreuve, *avec les vers, signée* (n° 11).

183. Le Marché aux pommes, vu du Pont Louis-Philippe (76). Très belle épreuve du 1er état, *signée* (n° 1).

184. Vue de Jouy-le-Moutier (77). Superbe épreuve, *signée* (n° 6), sur japon.

185. Un Lundi, Porte des Prés-St-Gervais (78). Très belle épreuve, *signée* (n° 12).

186. L'Eglise de Jouy-le-Moutier (79). Belle épreuve, *signée*, sur japon.

Nº 197 du Catalogue.

187. L'Eté (81). Très belle épreuve, *imp. en couleurs, signée* (n° 15).

188. La même estampe. Superbe épreuve, *tirée en bistre, signée* (n° 9), sur japon.

189. Paris, Eté (82). Superbe épreuve du 1ᵉʳ état (tiré à 7 épr.), *signée* (n° 3).

190. Au Mur, épisode de la Commune (83). Très belle épreuve, *signée* (n° 7).

191. Route de Billancourt (87). Très belle épreuve, *signée* (n° 3).

192. Dîner à Bellevue (88). Très belle épreuve, *signée* (n° 3).

193. Station d'omnibus à Vaugirard (89). Très belle épreuve, sur japon, *signée* (n° 8).

194. Sous le Pont de Bercy (90). Très belle épreuve, sur japon, *signée*.

195. Les Laveuses (91). Superbe épreuve du 1ᵉʳ état (tiré à 4 épr.), *signée*.

196. La même estampe. Très belle épreuve, *imp. en couleurs, signée* (n° 2).

197. La Maison neuve (92). Superbe épreuve, *signée* (n° 1).

198. Le Débardeur, quai de la Gare (93). Très belle épreuve du 2ᵉ état (tiré à 3 épr.), *signée*.

199. Menu pour le Dîner des Glands (95) — Programme pour Guignol (101). Deux pièces. Très belles épreuves.

200. Le Quartier des Gobelins (96). Superbe épreuve du 1ᵉʳ état (tiré à 9 épr.), *signée* (n° 3); sur japon.

201. A Sᵗ Cloud (98). Très belle épreuve, *signée* (n° 6).

202. La Cité vue du pont des Arts (99). Très belle épreuve du 1ᵉʳ état (tiré à 8 épr.), *signée* (n° 2).

203. L'Écluse de la Monnaie (100). Très belle épreuve, *signée* (n° 6), sur japon.

204. Cité des Chiffonniers (102). Superbe épreuve, *signée* (n° 2).

205. Le Pont des Arts (103). Très belle épreuve, sur japon, *signée* (n° 25).

206. Travaux pour le Nouveau champ de manœuvres, à Issy (104). Très belle épreuve, *signée* (n° 5).

207. Embarcadère sur la Garonne, Bordeaux (106). Très belle épreuve, *avant la lettre, imp. en couleurs, signée*.

208. Colloque sentimental de Paul Verlaine (107). Deux très belles épreuves, des 1<sup>er</sup> et 2<sup>e</sup> états, *signées* (n<sup>os</sup> 1 et 3).

209. Carrières d'Amérique, près Paris (108). Superbe épreuve du 1<sup>er</sup> état (tiré à 6 épr.), *signée* (n° 4), sur japon.

210. La même estampe. Très belle épreuve du 2<sup>e</sup> état, *signée* (n° 1), sur japon.

211. Aux Fortifications, Porte de Versailles (Vaugirard) (110). Très belle épreuve du 1<sup>er</sup> état, *avant* la signature (tiré à 5 épr.), (n° 1), sur japon.

212. Le Passeur, bords de la Seine près le Point-du-Jour (112). Très belle épreuve sur japon, *signée* (n° 8).

213. Amsterdam, vue de Victoria Hôtel (116). Très belle épreuve sur japon, *signée* (n° 4).

214. Zwanen Burgwall, Amsterdam (118). Très belle épreuve du 1<sup>er</sup> état (tiré à 4 épr.), *signée* (n° 4).

215. La même estampe. Très belle épreuve du 2<sup>e</sup> état' *signée*.

216. Une Rue du Quartier Juif à Amsterdam (119). Superbe épreuve du 1<sup>er</sup> état (tiré à 7 épr.), *signée*, sur japon.

217. Le même estampe. Très belle épreuve du 2ᵉ état, *signée* (nᵒ 10).

218. Le Nys, Amsterdam (120). Superbe épreuve du 1ᵉʳ état (tiré à 4 épr.), *signée* (nᵒ 2), sur japon.

219. La même estampe. Superbe épreuve du 2ᵉ état, *signée* (nᵒ 10), sur japon.

220. Haarlem (121). Très belle épreuve du 1ᵉʳ état (tiré à 3 épr.), *signée* (nᵒ 3), sur japon.

221. La même estampe. Très belle épreuve du 2ᵉ état, *signée* (nᵒ 8), sur japon.

222. Entrée du Béguinage, Bruges (122). Très belle épreuve, *signée* (nᵒ 18).

223. Rentrée de la Procession à la Cathédrale de Nantes (123). Superbe épreuve du 1ᵉʳ état (tiré à 7 épr.), *signée* (nᵒ 4), sur japon.

224. Le Pont-Neuf (124). Très belle épreuve du 1ᵉʳ état (tiré à 6 épr.), *signée* (nᵒ 6).

225. La même estampe. Très belle épreuve, *signée*.

226. Notre-Dame vue du quai de Montebello (125). Très belle épreuve du 1ᵉʳ état (tiré à 3 épr.), *signée* (nᵒ 3), sur japon.

227. La même estampe. Très belle épreuve du 2ᵉ état, *signée* (nᵒ 7).

228. Un Enterrement dans le Pays Vendéen (126). Très belle épreuve du 1ᵉʳ état.

229. La même estampe. Epreuve d'un 2ᵉ état *non décrit*, la pl. remordue, mais *avant* divers travaux (a été pliée).

230. La même estampe. Très belle épreuve du 3ᵉ état (décrit 2ᵉ), sur parchemin, timbrée et avec la mention : *Imprimé pour M. Belinac.*

# BOIS

231. La Seine au Pont d'Austerlitz (147). Snperbe épreuve sur japon pelure, *signée*.

232. La même estampe, en même condition.

233. Le Quai des G$^{ds}$ Augustins (148). Très belle épreuve sur japon, *signée*.

234. Quai de l'Hôtel-de-Ville, Paris (152). Superbe épreuve du I$^{er}$ état *avant que le marchand d'habits n'ait été effacé;* sur japon pelure, *signée*.

235. La Rue des Barres, Paris (153). Très belle épreuve du I$^{er}$ état, sur japon pelure, *signée* (quelques piqûres).

226. Rue Grenier-sur-l'Eau, Paris (154). Très belle épreuve sur japon pelure, *signée*.

237. Arracheurs de bruyère, Fontainebleau (159). Belle épreuve, sur japon pelure, *signée*.

238. Une chasse à courre, Mont-Gérard (161). Très belle épreuve sur chine, *signée*.

239. Rouen illustré (166). Très belle épreuve sur chine, *signée*.

240. Le Pont de pierres, Rouen (167). Superbe épreuve sur japon pelure, *signée*.

241. Les Nouveaux Quais, Rouen (168). Très belle épreuve sur japon, *signée*.

242. Place Haute-Vieille-Tour, Rouen (172). Très belle épreuve *d'état*, *signée*.

243. Eglise S$^t$-Ouen, Rouen (176). Superbe épreuve *d'état*, *signée*.

244. La Cathédrale de Rouen (177). Superbe épreuve du I$^{er}$ état (tiré à 6 épr.), sur japon pelure, *signée*.

245. Sortie du Théâtre du Châtelet (180). Très belle épreuve sur japon, *signée*.

246. Marchandes au panier (187). Très belle épreuve sur japon, *signée*.

247. La Tour Eiffel. Effet de nuit (193). Superbe épreuve sur japon pelure, *signée*.

248. L'Etude (196). Très belle épreuve sur japon pelure, *signée*.

249. La Sortie de l'Exposition de 1889 (197). Très belle épreuve, sur japon pelure, *signée*.

250. Le Matin, carrefour des Forts de Marlotte (199). Très belle épreuve, sur *japon pelure*, *signée*.

251. Midi sous bois, Fontainebleau (200). Très belle épreuve sur chine, *signée*.

252. Le Boulevard, près du Vaudeville (201). Très belle épreuve sur japon pelure, *signée*.

253. Le Clovis, Plateau de Bellecroix (208). Superbe épreuve sur japon pelure, *signée*.

254. Le Boulevard Montmartre, le soir (209). Fumé. Superbe épreuve, *signée*.

255. L'Avenue des Champs-Elysées (210). Très belle épreuve sur japon, *signée*.

256. Le Stryge de Notre-Dame (212). Très belle épreuve sur japon, *signée*.

257. Le Louvre, vu du Pont-Neuf (215). Très belle épreuve sur japon pelure, *signée*.

258. La Montagne S\u1d57-Geneviève, vue de l'Estacade (216). Superbe épreuve sur japon pelure, *signée*.

259. Le Marché aux Pommes, vu du Pont Louis-Philippe (222). Très belle épreuve sur chine, *signée*.

260. L'Abreuvoir du Pont-Marie (220). Très belle épreuve sur japon, *signée*.

261. Retour du Bois, place de l'Etoile (221). Superbe épreuve du 1ᵉʳ état, sur japon, *signée*.

N° 253 du Catalogue.

262. L'Ecluse du Canal S<sup>t</sup>-Martin (223). Très **belle** épreuve sur japon, *signée*.

263. Place de l'Opéra (225). Superbe épreuve sur japon, *signée*.

264. Le Coin de la Rue de la Lune (226). Très belle épreuve sur chine, *signée*.

265. Les Boulevards près la porte S<sup>t</sup>-Denis (227). Très belle épreuve sur chine, *signée*.

266. Le Boulevard, au coin du Faubourg Montmartre (228). Superbe épreuve sur japon pelure, *signée*.

267. Le Pont S<sup>t</sup>-Michel (229). Très belle épreuve, *signée*.

268. Le Parlement à 9 heures du soir, Londres (231). Fumé. Très belle épreuve, *signée* (tiré à 12 épr.).

269. On va goûter (232). Bois en couleurs. Très belle épreuve sur japon, *signée*.

270. Etude à quatre mains (233). Très belle épreuve, *tirée en 3 tons, signée* (n° 5).

271. Coupeurs de bouts de cigares (236). Camaieu. Très belle épreuve, *signée*.

272. La même estampe, sur japon, *signée*.

273. Petit bras au Pont S<sup>t</sup>-Michel (237). Très belle épreuve, *signée*.

274. La Partie de jacquet (238). Camaïeu. Très belle épreuve sur japon, *tirée à l'eau de riz, timbrée*.

275. Les Graveurs du XIX<sup>e</sup> siècle (239). Très belle épreuve du 1<sup>er</sup> état (tiré à 3 épr.), sur japon, *signée*.

276. Convalescente, M<sup>me</sup> Lepère (240). Bois en couleurs. Superbe épreuve du 1<sup>er</sup> état, sur japon, *signée*.

277. La même estampe. Très belle épreuve du 2<sup>e</sup> état, *signée*.

278. Parisiennes sensations (243), 4 planches. Très belles épreuves, *signées* (2 sur japon).

279. Pêcheurs de crevettes (245). Camaïeu. Très belle épreuve, tirée sur papier ancien, *signée*.

280. La même estampe, en 1<sup>er</sup> état (tiré à 6 épr.), *signée* (n° 2).

281. Le Gueux des Campagnes (246). Très belle épreuve sur japon, *signée*.

282. Portrait d'Auguste Lepère (247). Très belle épreuve du 1<sup>er</sup> état, sur japon.

283. La même estampe, en même état, *avec dédicace*.

284. Soir (248). Très belle épreuve d'état, *signée* (n° 5).

285. Repos (249). Camaïeu. Deux très belles épreuves, une de la planche de trait seule. *Signées*.

286. Le Centaure (252). Très belle épreuve sur chine, *signée*.

287. Le Bain des Nymphes (253). Très belle épreuve du 1<sup>er</sup> état, *signée* (n° 13); sur japon.

288. La Prière (254). Très belle épreuve, *signée*.

289. Le Bain, Eté (255). Très belle épreuve d'état, *tirée en bleu*, sur japon, *signée* (n° 9).

290. Eve, d'après Rodin (261). Camaïeu, série des planches : trait, fond et épreuve complète, soit trois pièces. Très belles épreuves, *signées*.

291. L'Archet (262). Très belle épreuve sur japon, du 2° état, *signée*.

292. L'Abreuvoir derrière Notre-Dame (264). Très belle épreuve, *signée*.

293. La même estampe, en même condition.

294. La Procession de la Fête-Dieu, à Nantes (272). Très belle épreuve du 1<sup>er</sup> état (tiré à 10 épr.), *signée* (n° 2); sur japon.

295. La même estampe. Epreuve *tirée en couleurs, avec remarque, signée* (cassures en marges).

296. Bucolique moderne (271). Série des états, soit cinq épreuves, *signées* et *annotées* par l'artiste. Très belles épreuves.

297. Le Braconnier, Dunes de S^t-Jean-de-Mont (273). Camaïeu. Très belle épreuve, *signée*.

298. Frontispice du Catalogue de l'*Exposition rétrospective de la Gravure sur bois* (281). Très belle épreuve, *avant la lettre*, sur japon, tirée en 2 tons, *signée*.

299. Buste de Victor Hugo (282). Camaïeu. Très belle épreuve sur japon, *signée*.

300. La Rue S^t Séverin. Très belle épreuve sur chine, *signée*.

301. Un Jour de revue, champ de manœuvres d'Issy. Fumé sur chine, *signé*.

302. Neuvaine à S^te Geneviève. Très belle épreuve du 1^er état, sur japon, *signée*.

303. Vue du Port de Nantes, 1906. Camaïeu. Très belle épreuve, *avec remarque*, *signée* (n° 14).

304. Dimanche aux Fortifications. Très belle épreuve de la planche de trait, *signée*.

# LITHOGRAPHIES

305. Y'a un noyé (299) — Chiffonniers sous le Pont Marie (306). Deux pièces, la seconde *signée*.

306. Le Perruquier des Débardeurs, sous le Pont S^t Michel (300). Superbe épreuve du 2^e état, *avec le croquis*, tirée en 2 tons.

307. Le Lundi, Doux repos (301). Très belle épreuve du 2^e état, *signée*.

308. Le Dimanche à la guinguette (302). Très belle épreuve, tirée en 2 tons, *signée* (n° 21).

N° 208 du Catalogue.

309. Le Débardeur, le Lundi (303). Très belle épreuve tirée en 2 tons, *signée* (n° 19).

310. Les Pauvres (304). Très belle épreuve sur chine fixé, *signée*.

311. L'Ile S*-Louis : les Lavoirs au Pont-Marie (305). Très belle épreuve sur chine fixé, *signée*.

312. L'Homme à l'Echiquier (307). Très belle épreuve, *signée* (n° 2).

313. L'Ile de Grenelle ou Ile des Cignes (308). Superbe épreuve sur japon pelure, *signée* (n° 8).

### LÉVY (Gustave)

314. Mélodie, d'après E. Hébert. Très belle épreuve, *avant la lettre, imp. sur soie, signée* — Le Message, d'après A. Cabanel, épreuve *avant la lettre*, avec remarque, sur parchemin, *signée*. Deux pièces.

### LHERMITTE (Léon)

315. En Moisson. Très belle épreuve sur parchemin, *signée*.

### LORRAIN (René)

316. Parc de S* Cloud. Très belle épreuve, *imp. en couleurs, signée* (n° 22).

317. Chalutier de Grandcamp. Très belle épreuve, *imp. en couleurs, signée* (n° 18).

318. Côte sauvage. Très belle épreuve, *imp. en couleurs, signée* (n° 60).

319. Paris, vu de Montrouge. Très belle épreuve, *imp. en couleurs, signée* (n° 25).

### LUNOIS (Alexandre)

320. Le Ballet. Très belle épreuve, *imp. en couleurs, signée* (n° 14).

## MAC LAUGHLAN (G. Shaw)

321. Le Pont-Neuf — Le Fort d'Ambleteuse. Deux
pièces. Belles épreuves, *signées*.

## MANESSE (H.)

322. Divertissements champêtres, d'apr. A. Watteau.
Très belle épreuve, *avec remarque*, sur japon,
*signée*.

## MENUS

323. Menus de la *Société des Amis de l'eau-forte*, par
Lalauze (5 épr.), J. Beurdeley (2 épr.) et H. Somm
(7 épr.), soit quatorze pièces sur japon (sauf une).

## MULLER (Alfred)

324. Colin-Maillard. Très belle épreuve, *imp. en couleurs, signée*.

325. Flottière de bateaux pêcheurs. Très belle épreuve.
*imp. en couleurs, signée* (n° 1) — Le Vieux port
du Pollet. Deux pièces.

## NEUVILLE (Alph. de)

326. *Croquis Militaires*, suite complète de 20 planches
fac-simile, dans le cart. d'édition.

## PIGUET (Rodolphe)

327. Française de 1889 — Rentrée de pêche, 2 états.
Trois pièces. Très belles épreuves.

## PINCHON

328. Les deux Amis. Très belle épreuve, *imp. en couleurs, signée* (n° 14).

## RANFT (Richard)

329. L'Automne en Marne, Canotiers. Très belle
épreuve, *imp. en couleurs, signée* (n° 2).

330. Nymphes au bord de la Seine. Belle épreuve,
*imp. en couleurs, signée* (n° 32).

### REDON (Georges)

331. Eventail pour la Fête Henry Monnier. Très belle
épreuve, *imp. en couleurs, signée* et **numérotée.**

### RENAULT (Malo)

332. La petite Chatte. Très belle épreuve, *imp. en couleurs, signée* (n° 46).

### RENOUARD (Paul)

333. Le Corps de ballet. Deux très belles épreuves,
une de 1er état, la seconde sur japon, *signée.*

### ROBBE (Manuel)

334. Au Bois en tricycle. Très belle épreuve, *imp. en
couleurs, signée* (n° 24).

335. Au Jardin. Très belle épreuve, *imp. en couleurs,
signée* (n° 7).

336. Le Bouquet de violettes. Très belle épreuve, *imp.
en couleurs, signée* (n° 26).

337. Le Cabinet de Toilette. Très belle épreuve, *imp.
en couleurs, signée* (n° 25).

338. Le Coquillage. Très belle épreuve, *imp. en couleurs, signée* (n° 16).

339. Dédaigneuse. Très belle épreuve, *imp. en couleurs,
signée* (n° 10).

340. Les Mamans. Très belle épreuve, *imp. en couleurs, signée* (n° 18).

341. Le Maquillage. Très belle épreuve, *imp. en couleurs, signée* (n° 5).

342. La Neige. Très belle épreuve, *imp. en couleurs,
signée* (n° 73).

343. Le Pastel. Très belle épreuve, *imp. en couleurs*, *signée* (n° 53).

344. La rivière l'Ornaing. Très belle épreuve, *imp. en couleurs, signée* (n° 63).

345. L'Etang. Très belle épreuve, *imp. en couleurs. signée* (n° 53).

346. Un Marin. Très belle épreuve, *imp. en couleurs, signée* (n° 34).

### SIMONET

347. Bateaux au mouillage, à Royan. Très belle épreuve, *imp. en couleurs, signée* (n° 8).

### SOCIÉTÉ DES AMIS DE L'EAU-FORTE

348. Réunion de trente-sept planches en divers *états* par Cormon, Maignan, Coppier, Fouquet-Dorval, Decisy, Brunet-Debaisnes, Camorcyt, Chifflart, etc.

### STEINLEN (T. A.)

349. Les Amoureux. Très belle épreuve, *signée* (n° 36).

### TISSOT (J. J.)

350. L'Apparition médianimique (B. 67). Très belle épreuve, *avant la lettre*.

### TOUSSAINT (H.)

351. Premières fleurs, d'apr. Chaplin — Les Bouquinistes, 2 états. Trois pièces. Très belles épreuves, *signées*.

### VEBER (Jean)

352. Flirt. Très belle épreuve, tirée en 2 tons, *signée* (n° 66).

353. Soirée bourgeoise. Très belle épreuve, tirée en 2 tons, sur japon, *signée* (n° 37).

354. Les Cinq doigts de la Main. Très belle épreuve, *imp. en couleurs*, sur japon, *signée*.

### VILLON (Jacques)

355. En Début. Très belle épreuve, *signée* (n° 17).

### VYBOUD (Jean)

356. Vieille en prières, 2 états — Liseuse — Un donateur, d'apr. J. de Mabuse — Le Liseur, d'apr. Meissonier. Cinq pièces. Très belles épreuves, trois sur parchemin, *signées*.

### WALTNER (Ch.-Alb.)

357. La Liseuse. Très belle épreuve du 1ᵉʳ état. sur japon, *signée*.

358. La même estampe. Superbe épreuve sur *parchemin, avec remarque, signée*.

359. Tête de Femme, d'apr. Eug. Carrière. Deux très belles épreuves, *tirées en sanguine*, une d'état, *signée* du peintre et du graveur.

360. Quand tu seras fleur devenue. Très belle épreuve sur japon, *signée*.